Sole
247, Avenue de la République
83000 TOULON - FRANCE

Titre original : Urukyu 6

First published in Japan in 2002
by Kodansha Ltd, Tokyo
French translation rights arranged
through Kodansha Ltd.
French translation rights
Vegetal manga shoten-Géronimo

Traduction : Sylvain Chollet
Conception graphique : Studio Kuma
Directeur de collection : Alex Bodecot

Dépôt légal : février 2004
ISBN 2-84565-671-8
Distribution Hachette
Imprimerie :
Darantiere-Quetigny-France
N° d'impression : 23-1499
Perdre quelqu'un de cher est une
épreuve terrible. Courage Nami,
je suis avec toi et tous tes fans aussi.

URUKYU CHECK !

ENTRE 13 ET 16 BONNES RÉPONSES
NIVEAU OLYMPIQUE

VOUS ÊTES ACCROC ! CONTINUEZ À LIRE URUKYU ET À LE CONSEILLER À TOUS VOS AMIS !

ENTRE 9 ET 12 BONNES RÉPONSES
MÉDAILLE DE BRONZE

VOUS VOUS DÉBROUILLEZ BIEN, MAIS RELISEZ ENCORE TROIS FOIS MINIMUM TOUS LES VOLUMES D'URUKYU !

ENTRE 4 ET 8 BONNES RÉPONSES
PEUT MIEUX FAIRE

VOUS AIMEZ BIEN, MAIS VOUS ÊTES UN PEU PARESSEUX. JE VOUS COMPRENDS. RELISEZ CALMEMENT LES VOLUMES AU MOINS CINQ FOIS !

ENTRE 0 ET 3 BONNES RÉPONSES
DÉBUTANT

HMM... PAS DE PANIQUE. ROME NE S'EST PAS FAITE EN UN JOUR. RELISEZ TOUS LES VOLUMES D'URUKYU CALMEMENT ET À VOIX HAUTE.

ENFIN

17 BONNES RÉPONSES
TOP DU TOP

BRAVO. URUKYU N'A AUCUN SECRET POUR VOUS. SI VOUS ÊTES UNE FILLE, VOUS DEVEZ ÊTRE UNE SÉDUCTRICE IRRÉSISTIBLE ! ♡

ULTRA QUIZ URUKYU.

RÉPONSES

Q 1 (3) ENSEMBLE, SANDALES, BOUCLES D'OREILLES... (CF. VOLUME 1, PAGE 19)

Q 2 (2) NOA EST TOMBÉE À L'EAU ET TOMOHIRO LUI A FAIT DU BOUCHE-À-BOUCHE. (VOL. 1, P. 65)

Q 3 (2) PARCE QUE MIYAMURA AVAIT TOUJOURS SA BRAGUETTE GRANDE OUVERTE ! (VOL. 1, P. 160)

Q 4 (3) UN TOUR DU MONDE ! HEUREUSEMENT QU'AMI N'A PAS PERDU ! (VOL. 2, P. 24)

Q 5 (2) UNE BOISSON POUR LE COEUR ? (VOL.2, P. 47)

Q 6 (1) ELLE S'EST COUPÉ LES CHEVEUX ! (VOL. 2, P. 118)

Q 7 (3) PHOTO SOUVENIR AVEC VÊTEMENTS HOLLANDAIS. (VOL. 3, P. 125)

Q 8 (2) LA PAUVRE... (VOL. 4, P. 104)

Q 9 (2) LE HASARD FAIT PARFOIS BIEN LES CHOSES... (VOL. 1, P. 21)

Q 10 (3) DANS LA RUE, SUR LE CHEMIN DU RETOUR DU LYCÉE. C'ÉTAIT LE PREMIER BAISER D'AMI ! (VOL. 1, P. 99)

Q 11 (1) ELLE FAIT PEUR, CETTE MIKA... (VOL. 2, P. 33)

Q 12 AMI ! (VOL. 1, P. 116)

Q 13 NOA ! (VOL. 2, P. 115)

Q 14 (1) EH BEN... (VOL. 2, P. 75)

Q 15 (1) QUEL ENTRAÎNEMENT ! (VOL. 3, P. 13)

Q 16 (2) YONEZAWA ERIKO, LA SURVEILLANTE DE CHOC ! (VOL. 4, P. 7)

Q 17 (3) ELLE A QUAND MÊME RÉUSSI SON COUP, ET GRATUITEMENT ! (VOL. 5, P. 52)

Q16

QUI EST CETTE CHARMANTE PERSONNE ?

(1) INE JE-METS-MON-NEZ-PARTOUT
(2) YONE JE-METS-MON-NEZ-PARTOUT
(3) TANE JE-METS-MON-NEZ-PARTOUT

Q17

AMI A TÉLÉPHONÉ AU PARC D'ATTRACTIONS POUR DEMANDER LE PRIX DE LA RÉSERVATION EXCLUSIVE À LA JOURNÉE. QUEL ÉTAIT LE TARIF ?

(1) UN MILLION DE YENS.
(2) DIX MILLIONS DE YENS.
(3) CENT MILLIONS DE YENS.

ÉVALUEZ VOTRE NIVEAU DE FANITUDE !

Q14

SELON LE MYSTÉRIEUX DR. M., QUEL EST LE POURCENTAGE DE CHANCES POUR QUE L'AMOUR ENTRE AMI ET TAMON MARCHE ?

(1) 1%
(2) 10%
(3) 30%

Q15

QUEL GENRE D'ENTRAÎNEMENT A SUIVI AMI DANS LE LABORATOIRE DU DR. M. ?

(1) DANSE ET CHANT.
(2) MAQUILLAGE ET POSES SEXY.
(3) CUISINE ET CONVERSATION.

Q12

SAVEZ-VOUS QUI C'EST ?

Q13

ET ÇA ?

Q9

OÙ A EU LIEU LA PREMIÈRE RENCONTRE ENTRE AMI ET TAMON ?

(1) DANS UN SALLE DE JEU.
(2) DANS UN KARAOKÉ BOX.
(3) DANS UN RESTAURANT.

Q10

OÙ AMI ET TAMON SE SONT-ILS EMBRASSÉS POUR LA TOUTE PREMIÈRE FOIS ?

(1) AU BORD DE LA MER.
(2) DANS UN PARC D'ATTRACTIONS.
(3) DANS LA RUE.

Q11

COMMENT MIKA S'Y EST-ELLE PRISE POUR ENTRAVER LA FÊTE DU LYCÉE D'AMI ?

(1) ELLE S'EST MISE À L'ENTRÉE DU LYCÉE POUR VENDRE DES TICKETS POUR LA FÊTE DE SON ÉCOLE.
(2) ELLE A FAIT PRESSION AVEC SES AMIES.
(3) ELLE A SOUDOYÉ LE PROVISEUR POUR QUE LA FÊTE SOIT ANNULÉE.

Q7

QU'ONT FAIT AMI ET TAMON LORS DE LEUR VOYAGE DE FIN D'ANNÉE À NAGASAKI ?

(1) CUEILLI DES TULIPES.
(2) FAIT UN FEU D'ARTIFICE.
(3) PORTÉ DES VÊTEMENTS HOLLANDAIS.

Q8

APRÈS S'ÊTRE FAIT PLAQUER PAR TOMOHIRO, NOA A ÉCRIT UN POÈME : IL FAUT OUBLIER, MÊME L'INOUBLIABLE... ET LA SUITE ?

(1) JE L'AI OUBLIÉ.
(2) JE DOIS L'OUBLIER.
(3) COMMENT POURRAIS-JE L'OUBLIER.

ULTRA QUIZ URUKYU.

Q5

EN QUOI SE DÉGUISENT AMI ET NOA POUR S'INFILTRER DANS L'ÉCOLE DE MIKA LE JOUR DE LA FÊTE ?

(1) EN INFIRMIÈRES
(2) EN SERVEUSES
(4) EN AGENTS DE POLICE

Q6

QUE FAIT AMI POUR QUE TAMON LA REMARQUE ?

(1) ELLE CHANGE DE COUPE.
(2) ELLE SE TEINT LES CHEVEUX.
(3) ELLE S'ÉPILE LES SOURCILS.

Q3

QUEL EST LE SURNOM QU'AMI ET NOA ONT DONNÉ À MIYAMURA ?

(1) MICKEY
(2) BRAGUETTE
(3) LUCKY

Q4

QUEL PRIX POUVAIT-ON RECEVOIR EN BATTANT AMI AU CONCOURS DE GROS MANGEURS DE LA FÊTE DE LEUR BAHUT ?

(1) UN VOYAGE DANS UNE SOURCE THERMALE.
(2) UN TOUR DU JAPON.
(3) UN TOUR DU MONDE

ULTRA QUIZ URUKY

VOICI UN QUIZ SPÉCIAL
TOUS LES FANS D'URUR
RELEVEZ LE DÉFI !

ESSAY

Q1

COMBIEN A DÉPENSÉ AMI POUR LA SOIRÉE RENCONTRE DU PREMIER VOLUME ?

(1) 24 300 YENS
(2) 34 300 YENS
(3) 44 300 YENS

Q2

QUE S'EST-IL PASSÉ LORS DU PREMIER "DOUBLE RENDEZ-VOUS" D'AMI ET NOA ?

(1) AMI A PERDU SON PORTEFEUILLE.
(2) NOA S'EST NOYÉE.
(3) AMI A EU UNE CRISE DE COLIQUE.

UN JOUR, J'AIMERAIS BIEN POUVOIR M'EXCLAMER : ♡"PFYOU ! J'AI TROP MANGÉ, J'EN PEUX PLUS !"
JE SUIS UNE GROSSE MANGEUSE, J'AIME TOUT. LORSQUE JE SUIS EN FORME, JE PEUX MANGER TROIS FOIS PLUS QUE N'IMPORTE QUEL HOMME. QUAND JE VAIS AU RESTAURANT, LE GARÇON FINIT PAR M'EMPÊCHER DE COMMANDER. (C'EST PAS UNE BLAGUE)
V'LÀ LA RÉPUTATION...
Rêve !
enfin, vous ne pourrez pas tout manger !
Mais si ! donnez-moi ce menu !
Je veux devenir humaine !!
UN ESPRIT SAIN DANS UN CORPS SAIN ! VOILÀ LE SECRET DE LA BEAUTÉ !
C'EST UNE FANA DE DIÉTÉTIQUE EN FAIT ?
Akimoto
Super santé ! des mensurations de rêve, pour vous !
ELLE EST LOUCHE, NOTRE DESSINATRICE...
PROCHAIN OBJECTIF : ME RÉVEILLER TÔT LE MATIN !! FAIRE UN PEU DE MARCHE ! BIEN ME RINCER LE VISAGE APRÈS M'ÊTRE LAVÉE ! ME BROSSER LES DENTS PENDANT AU MOINS 5 MINUTES !!
C'est mal parti...

ALORS ...
CE QU'IL ME FAUT, C'EST UN BON BAIN RELAXANT
ME BAIGNER DANS DES HUILES AROMATIQUES ET LAISSER LES SENTEURS PÉNÉTRER MA PEAU...
BATH BOMB
ARÔMES ENIVRANTS ET SENTEURS PARFUMÉES
SHAMPOING AROMATIQUE ♡
CETTE POITRINE -
ET PUIS, BIEN MANGER ! EXCELLENT POUR ÉVACUER LE STRESS !
LA CUISINE EST UNE SCIENCE ! IL FAUT OSER LES EXPÉRIMENTATIONS !
粉モノ命
PHOTOS DE MES PETITS PLATS
goût
LIVRE DE RECETTES
Recettes
PAS DE POÈMES ?

POUR MOI, UNE PERSONNE JOLIE, C'EST QUELQU'UN QUI PROFITE DE CHAQUE JOURNÉE.
– QUELQU'UN QUI SE LÈVE EN FORME TOUS LES MATINS.
– QUELQU'UN QUI MANGE BIEN, ET QUI N'EST PAS TROP DIFFICILE.
– QUELQU'UN QUI DORT BIEN LA NUIT.
C'EST LA BASE DE TOUT ! SI L'ON REMPLIT CES CONDITIONS, ON EST FORCÉMENT RAYONNANTE DE BEAUTÉ !
vive le matin !
HUM
À PART BOUFFER COMME QUATRE, TU REMPLIS PAS CES CONDITIONS, NON ?
L'IMPORTANT C'EST DE LE FAIRE À SON RYTHME !!
RESTER TOUTE LA JOURNÉE ASSISE FACE À SON BUREAU, CE N'EST BON NI POUR LE CORPS, NI POUR LE COEUR.
JE PEUX RESTER EN-FERMÉE DANS MON BUREAU PENDANT UN MOIS SANS METTRE UN PIED DEHORS !
JE VIS LA NUIT !
JE SUIS RESTÉE ASSISE 3 JOURS CONSÉCU-TIFS !
VIVE LES PROFES-SIONS INDÉ-PENDAN-TES !
J'AI LES NERFS À FORCE DE CHERCHER DES IDÉES.
FESSES DE FER
WOW
Y'A PAS DE QUOI SE VANTER...

Comment je suis devenue belle

C'EST MOI ?!
D'OÙ ELLE SORT, CETTE PHOTO ?!
OÙ KANE A-T-IL TROUVÉ ÇA ?!
À SUIVRE DANS LE VOLUME 7

QUEL BAZAR ...
ÇA VA ÊTRE DU BOULOT DE TOUT REMETTRE EN ORDRE
UNE PHOTO ? J'AI MARCHÉ DESSUS ...
QUOI ?!

KANE -
C'EST UN DRÔLE DE TYPE.
ON DIRAIT QU'IL N'Y PAS D'AUTRES LOCATAIRES QUE KANE ICI...
KANE !
C'EST OUVERT, ALORS J'ENTRE, HEIN !
KANE ...?
JE SERAIS CURIEUX DE SAVOIR QUI IL EST RÉELLEMENT -
PERSONNE -
ET C'EST TOUJOURS EN DÉSORDRE...

...
JE VAIS REFUSER, BIEN SÛR !
UNE CHASSE AU TRÉSOR ? ET PUIS QUOI ENCORE !
JE SUIS VENUE ICI POUR FAIRE DU TOURISME !
TU ME RAS-SURES.
HÉHÉ !
J'AI PROMIS À TAMON
DE NE PLUS LUI CRÉER DE SOUCIS.
JE DOIS M'Y TE-NIR !
KA'IUL
ALORS JE VAIS REFUSER !
CLAIR ET NET !
UNE CHASSE AU TRÉSOR... BEN VOYONS !

UNE CHASSE AU TRÉSOR... C'EST QUOI ÇA ENCORE ?
ET IL ME BALANCE ÇA TOUT D'UN COUP...
DRÔLE DE GARÇON, CE KANE...
TRÈS MYSTÉRIEUX...
AMI...
AMI !!
はっ
ガチャン
MAIS...
TU ES DANS LES NUAGES...
OUPS...
NE ME DIS PAS QUE TU RÉFLÉCHISSAIS À LA PROPOSITION DE CE TYPE ?

UNE CHASSE AU TRÉSOR ?
ATTENDS… C'EST QUOI, ÇA ?
AH !
ÇA A UN RAPPORT
AVEC CETTE VIEILLE CARTE FRIPÉE ?!
RÉPONDS-MOI…
NAN…
SI TU VEUX SAVOIR, IL FAUT FAIRE ÉQUIPE AVEC MOI ! ☆
BON. LE SOLEIL S'EST LEVÉ, JE RENTRE.
KANE ! AT-TENDS !

UNE ÉQUIPE DE...
"CHASSEURS DE TRÉSORS". ÇA TE BRANCHE ?

AMI...
ÇA TE DIRAIT...
DE FAIRE ÉQUIPE AVEC MOI ?
...
HEIN... ?
FAI...
FAIRE ÉQUIPE AVEC TOI ?
COMMENT ÇA ?

PEUT-ÊTRE !
MAIS TANT PIS !
C'EST COMME ÇA QUE JE SUIS !
JE TE L'AI DIT, NON ?
C'EST PAS MON GENRE DE LAISSER TOMBER LES AUTRES !

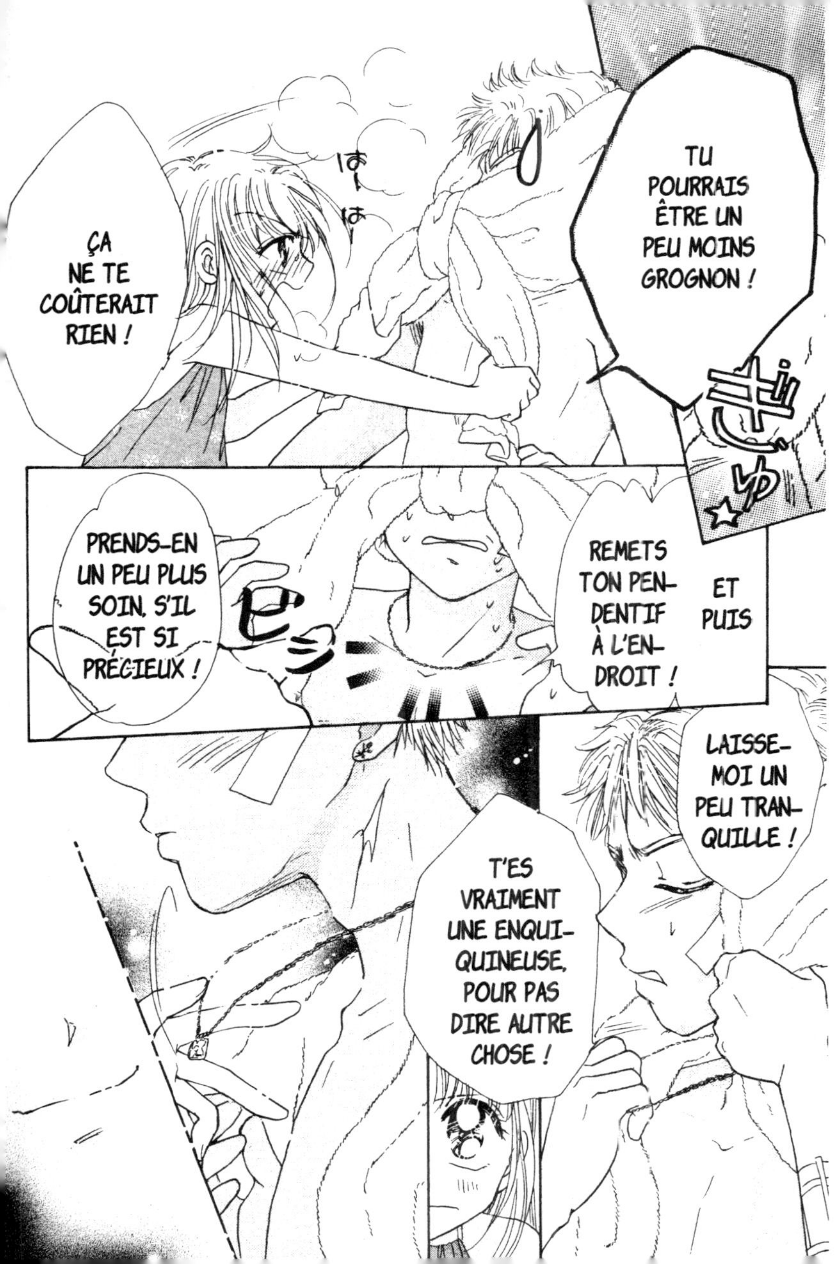
TU POURRAIS ÊTRE UN PEU MOINS GROGNON !
ÇA NE TE COÛTERAIT RIEN !
ET PUIS
REMETS TON PENDENTIF À L'ENDROIT !
PRENDS-EN UN PEU PLUS SOIN, S'IL EST SI PRÉCIEUX !
LAISSE-MOI UN PEU TRANQUILLE !
T'ES VRAIMENT UNE ENQUIQUINEUSE, POUR PAS DIRE AUTRE CHOSE !

!
GARDE-LA, TA SERVIETTE !
LÂCHE-MOI UN PEU !
AMI !!

はあ はあ
ÇA VA MIEUX ?
TIENS.
VOUS N'AVIEZ RIEN DE MIEUX À FAIRE QUE ME REGARDER ?
TU EN AS DU COURAGE DE NAGER AVEC CETTE BLESSURE.
le sel ne t'a pas brûlé ?
COMBIEN DE FOIS FAUDRA TE DIRE QUE C'EST QU'UNE ÉGRATIGNU-RE ?!

JE L'AIME -
TOUT CE QUE TU VEUX -
LE RYTHME DE SON COEUR...
PAR-FAIT.

C'EST UN COSTAUD, LA VACHE -
NAGER AVEC DES BLESSURES PAREILLES -
IL SE REMET VITE.
ぽん
HEIN ?
PARDON, TAMON.
JE M'EX-CUSE -
DE T'AVOIR CAUSÉ TOUS CES TRACAS.
TU L'AS DIT !
ON SAIT JAMAIS CE QUI VA T'ARRIVER. PAS FACILE DE TE PROTÉGER.
AH...
JE L'ENTENDS...
FAUT QUE T'ARRÊTES D'ÊTRE SI INTRÉPIDE.
ENTEN-DRE BATTRE LE COEUR DE TAMON -

FOUTEZ-MOI LA PAIX.
JE VAIS À LA PLAGE.
EN ATTENDANT QUE LE JOUR SE LÈVE.

ばっ
……
…
EUH - P_ PARDON -
EXCUSE-MOI, KANE !
BEN QUOI ?
POURQUOI IL S'ÉNERVE COMME ÇA ?
CE PENDENTIF -
J'Y TIENS PLUS QU'À TOUT.
LAISSE TOMBER, AMI !
CE TYPE AIME BIEN FAIRE DES MYSTÈRES.
PAS VRAI, KANE ?
TU DOIS PAS AVOIR BEAUCOUP DE POTES, HEIN ?
TA_ TAMON !

EH ! IL EST CHOUETTE TON PEN-DENTIF ♡
OÙ EST-CE QUE TU L'AS ACHETÉ ?
TOUCHE PAS !!

TOI, SI TU M'CHERCHES, TU VAS M'TROUVER !
grr
ALLONS ! ON FAIT LA TRÊVE !
AH !
NE ME REGARDE PAS COMME ÇA...
TU SAIS BIEN QUE CE N'ÉTAIT QU'UN ACCIDENT !
JE SUIS DE TROP ICI.
JE ME CASSE.
HEIN ?
ATTENDS !

ぼーー
Tamon
Kane
AMI ?!
HÉHÉ ! VISITE SURPRISE ♡
QU'EST-CE QUE TU FOUS ?! POURQUOI T'ES PAS PASSÉE PAR LA PORTE COMME TOUT LE MONDE ?
POUR LE FUN.
C'EST PAS "FUN" !!
PITIÉ ! ARRÊTE UN PEU DE FAIRE N'IMPORTE QUOI !
DÉSOLÉE !
JE VOULAIS VOIR COMMENT SE PASSAIT LA COHABITATION.
JE SUIS RASSURÉE. ♡
COMME CHIEN ET CHAT, OUAIS !

JE NE SAIS PAS POURQUOI
MAIS JE NE PEUX PAS LES LAISSER –
……. ……..
T'IN-QUIÈTE, TAMON –
JE FICHERAI LE CAMP AU PETIT JOUR.
PFF –
J'Y COMPTE BIEN !
ET EMPIÈTE PAS DANS MA PARTIE DU LIT. SINON J'TE FRAPPE !
SI SEULEMENT LE LIT D'APPOINT N'ÉTAIT PAS EN PIÈCES, J'SERAIS PAS FORCÉ DE DORMIR AVEC CE TYPE…
À DEUX ??

TAMON...
PAS UN MOT DE CETTE HISTOIRE AUX PARENTS...
CONTENTE QUE ÇA VOUS AIT PLU...
PAS UN MOT SUR KANE NON PLUS.
DANS LA CHAMBRE VOISINE
SA MAISON A ÉTÉ MISE SENS DESSUS DESSOUS...
ET PUIS IL EST BLESSÉ.
COUCOU
C'ÉTAIT FORMIDABLE, CE SPECTACLE DE DANSE HEIN, PAPA ?
ça m'a donné envie de me trémousser moi aussi !
TU L'AS DIT, BIBICHE
DIS PAPA, SOIS GENTIL ET LAISSE DORMIR TAMON TOUT SEUL AUJOURD'HUI. TES RONFLEMENTS LE RÉVEILLERAIENT !
AH BON ? JE RONFLE SI FORT ?
RÉPARTITION DES CHAMBRES
JE SUIS DE TROP
AMI FAMILY
TAMON & KANE

EH !!
CRÉTIN.
TU VOIS BIEN QUE TU PEUX PAS MARCHER.
QU'EST-CE QUI T'PREND ?!
DIS-TOI BIEN QUE C'EST RIEN COMPARÉ À CE QUE JE T'AURAIS FAIT SI AMI AVAIT ÉTÉ BLESSÉE PAR TA FAUTE.

ARRÊTEZ !!
TAMON... JE SUIS DÉSOLÉE DE T'AVOIR CAUSÉ DU SOUCI... PARDON !
AMI !
MAIS LA BLESSURE DE KANE N'ÉTAIT VRAIMENT PAS JOLIE À VOIR...
JE NE POUVAIS PAS LE LAISSER COMME ÇA...
PEUH ! C'EST RIEN DU TOUT.
BON, J'VOUS LAISSE.

TOI, LA RAMÈNE PAS !!
T'ES QUI D'ABORD ?!
JE SUIS KANE.
C'EST PAS TON NOM QUE J'TE DEMANDE !!
tout ça, c'est d'ta faute !
QU'EST-CE QUI TE FAIT RIRE ?
DE TE VOIR CREVER DE JALOUSIE COMME ÇA.

SI JE COMPRENDS BIEN ...
UN TYPE T'ENLÈVE, IL CRASHE SA CAISSE, ET TOI TU LE RAMÈNES DANS TA CHAMBRE D'HÔTEL POUR DÉSINFECTER SES BLESSURES ?
ET JE VOUS TROUVE AU LIT, MAIS TOUT VA BIEN ?
Waikiki
noyau
la terre
GYAAAAA
JE SUIS IMPARDONNABLE...
JE SUIS TROP BÊTE ...
VOUI... C'EST ÇA...
C'ÉTAIT UN ACCIDENT.
HYPNOSE
UN SIMPLE ACCIDENT, RIEN DE PLUS !
NOS LÈVRES N'ONT FAIT QUE S'EFFLEURER !
?
PFFF ! TU PARLES D'UNE GALÈRE !
J'T'AVAIS DIT QUE C'ÉTAIT TROIS FOIS RIEN, CETTE BLESSURE !

ピク
ピク
A
しゅうううう
Hawai
la terre
ro
ha

Gyaaaa
Hawaï
la terre
!?
QU'EST-CE QUE C'EST ?!

Smak
...
...

ALLÔ ?!
AH…
TOMOHIRO ?!
SALUT !
ALORS ? COMMENT ÇA SE PASSE TON VOYAGE EN AMOUREUX ?
JE SUIS ARRIVÉ LA SEMAINE DERNIÈRE.
J'AI HÉSITÉ À T'APPELER. JE VOULAIS PAS DÉRANGER.
T'AS UN MOMENT POUR QU'ON PRENNE UN POT ?
WAIKIKI 3 THEATRE
FRANCHEMENT, C'EST PAS LE MOMENT !
HEIN ?
———
OUF… SANS CE COUP DE TÉLÉPHONE…
はあぁ
POUSSE-TOI UN PEU, KANE…
J'ÉTOUFFE…

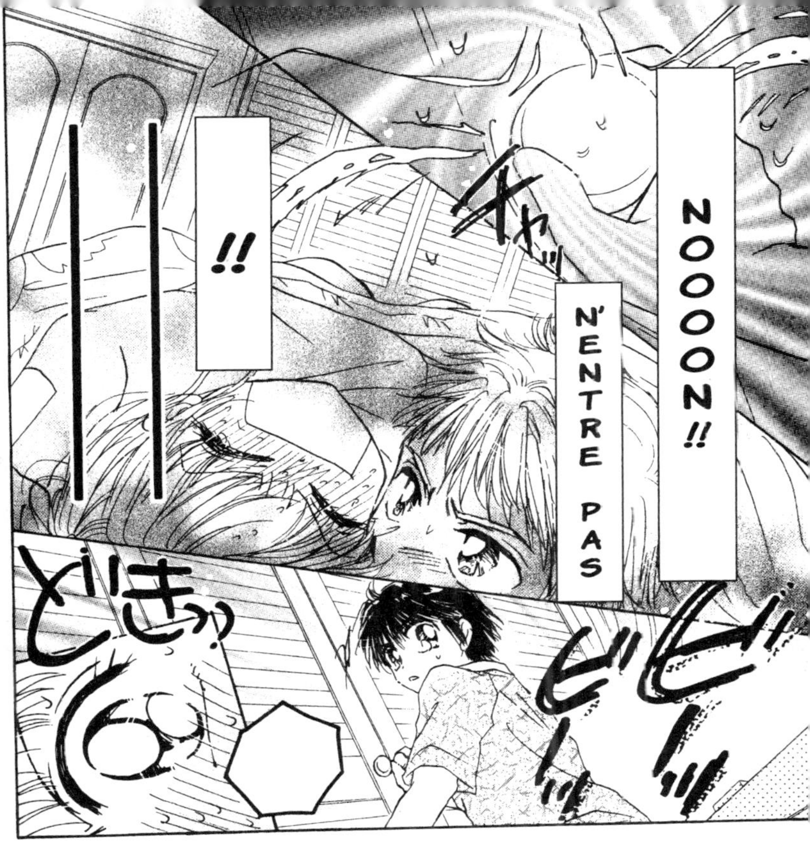
NOOOOON !!
N'ENTRE PAS
!!

NOOOOON !!
IL Y A
QUEL-QU'UN ?
SI TAMON ME TROUVE COMME ÇA ...
JE VAIS AVOIR UN INFARC-TUS !!
PLAN DE LA SITUATION
VÉRANDA
LIVING ROOM
VÉRANDA
?
Tamon
CHAMBRE ①
BALCON ②
Kane
Ami

URUKYU.

S'IL NOUS TROUVE COMME ÇA...
JE ME SUIS FOURRÉE DANS DE BEAUX DRAPS
KYAAA!!
C'EST LA CATASTROPHE !

.....
.....
.....
Y'A QUELQU'UN ?
NON !! PITIÉ !! NE VIENS PAS !!
TA-MON ! NON !

ALLÔ ?!
ALOHA, TAMON. ♡
NOUS ALLONS VOIR LE HULA SHOW
ON RENTRERA UN PEU PLUS TARD ♡
...
もぞ
もぞ
J'AI PAS DE PLACE ! POUSSE-TOI UN PEU !
C'EST COMME ÇA QUE TU SOIGNES UN BLESSÉ ?!
CHUT ! ARRÊTE DE REMUER !
POURQUOI TU TE CACHES ?
MOI, FAUT PAS QU'ON ME VOIT, MAIS TOI -
J'Y VAIS -
MAIS NON ! C'EST TROP TARD MAINTENANT !

À LA FAC ?!
BEN, J'AI 16 ANS.
MAIS J'AI SAUTÉ DES CLASSES. C'EST COURANT ICI.
J'AURAIS POURTANT MIS MA TÊTE À COUPER QU'ON AVAIT À PEU PRÈS LE MÊME ÂGE !
AH ! ☆
ぎょ
ガチャ
バン
TAMON ?!
CA... CATASTROPHE PUISSANCE 1000 !!
ひー
ぶーん
IL ARRIVE AU MAUVAIS MOMENT !
......
しーん...

SI ÇA SE TROUVE, C'EST UN VAURIEN…
OUILLE
APRÈS TOUT -
JE NE SAIS RIEN DE CE GAR-ÇON.
AU FAIT ! TU NE M'AS PAS DIT TON NOM.
KANE.
JE SUIS NÉ ET J'AI GRANDI ICI, À HAWAÏ.
EH BEN
IL A L'AIR ASSEZ NORMAL -
KANE… COMMENT ÇA SE FAIT QUE TU PARLES SI BIEN JAPONAIS ?
JE SUIS DES COURS À LA FAC.

C'EST PAS MON GENRE DE LAISSER TOMBER LES GENS.
C'EST PLUS FORT QUE MOI.
DE QUOI J'ME MÈLE –
"C'EST PLUS FORT QUE MOI."
NON MAIS –
QU'EST-CE QUE JE RACONTE, MOI...

Ouch !!
ÇA VA PAS LA TÊTE, NON ?!
IL FAUT NETTOYER TA PLAIE !
SINON ELLE RISQUE DE S'INFECTER !
T'ES UN PEU TROP IMPRUDENTE...
DE FAIRE ENTRER DANS TA CHAMBRE UN GARÇON QUE TU NE CONNAIS PAS.

EH !
PAS SI VITE !
...
OUF !
LES PARENTS SONT SORTIS.
ET TAMON N'EST PAS LÀ.
LE PAUVRE DOIT SE FAIRE UN SANG D'ENCRE.
J'AIMERAIS BIEN POUVOIR LE RASSURER. MAIS D'ABORD...
VIENS !
NON, JE RENTRE. JE T'AI DIT QUE...
PAS DE DISCUSSION !

TOMO-HIRO… ?
JE NE RÊVE PAS… ?
BON, TU PEUX TE REPÉRER MAINTENANT, NON ?
ALORS JE TE LAISSE.
CIAO, AMI.

MAIS C'EST PAS VRAI ! QU'EST-CE QU'ELLE FOUT ENCORE, CETTE IDIOTE ?!
ON A CHERCHÉ DANS TOUT WAIKIKI, MAIS ELLE N'EST NULLE PART. IL VAUT MIEUX PRÉVENIR LA POLICE.
LE TRUC LOUCHE, C'EST QUE DEUX AUTRES TYPES ONT PRIS EN CHASSE LA VOITURE QUI A ENLEVÉ AMI.
ÇA POURRAIT ÊTRE DANGEREUX DE FAIRE TROP DE REMOUS...
JE... JE RETOURNE VOIR À L'HÔTEL.
PEUT-ÊTRE QU'ELLE EST RENTRÉE...
MOI, JE REFAIS UN TOUR EN VILLE.
PRÉVIENS-NOUS SI TU TROUVES QUELQUE CHOSE
FAUT TOUJOURS QU'ELLE TROUVE LE MOYEN DE FAIRE DES SIENNES.
QUELLE ENQUIQUINEUSE !

BEN... JE CONNAIS PAS LE CHEMIN POUR RENTRER...
EH BEN... JE NE SAIS PAS CE QUE C'EST...
MAIS IL SE PASSE QUELQUE CHOSE...
JE CROYAIS QUE HAWAÏ ÉTAIT UN LIEU SUPER TRANQUILLE... (C'ÉTAIT MARQUÉ DANS LES GUIDES)
QUE DE MYSTÈRES...
T'AS PAS DÛ BIEN LES LIRE, TES GUIDES, VU QUE T'ARRIVES PAS À RETROUVER TON CHEMIN.
HAWAÏ EST SÛR, MAIS C'EST COMME PARTOUT.
IL Y A DES GENS PEU FRÉQUENTABLES.

QUOI… ?
DES CAMBRIOLEURS ?!
CE SONT LES TYPES QUI NOUS POURSUIVAIENT QUI ONT FAIT ÇA ?
POURQUOI EST-CE QUE…
C'EST BON ! DÉGAGE MAINTENANT !

QU...
POURQUOI TU ME SUIS ?!
BEN, JE SUIS PERDUE ☆
C'EST LA PREMIÈRE FOIS QUE JE VIENS À HAWAÏ.
C'EST POURTANT PAS DUR DE SE RETROUVER À WAIKIKI !
QUOI ? C'EST ICI QUE TU HABITES ?!
ARRÊTE DE ME SUIVRE !!
TU VIS SEUL ?
ÇA A L'AIR VIEILLOT.
ガチャガチャ
(PAS DE RÉPONSE)
OUTCH !
....

POURTANT, JE NE SUIS PAS BLESSÉE –
IL M'A PROTÉGÉE PENDANT LA CHUTE –
C'EST CE GARÇON –
IL ÉTAIT COUVERT D'ÉGRATIGNURES...
AÏE –
LA VACHE, J'ME SUIS PAS LOUPÉ –
....
EUH... HELLO ♪

BYE ...
J'AI UN MAUVAIS PRESSENTIMENT...
AMI !
COMME SI LE CIEL ALLAIT DEVENIR ORAGEUX...
IL EST MARRANT DE ME PLANTER LÀ, LUI !
OÙ JE SUIS ??
UN CHEMISIER TOUT NEUF ...
AH !
DU SANG !

QU'EST-CE QUE C'EST ?
UNE CARTE ?
ELLE EST DÉCHIRÉE DE PARTOUT.
EH BEN ..
QUEL REGARD FROID -
WOW ! ELLE A L'AIR VIEILLE -
MÈLE-TOI DE CE QUI TE REGARDE !
ÉVITE DE PARLER DE CE QUI S'EST PASSÉ AUJOURD'HUI.
DIS À TON COPAIN DE SE TAIRE AUSSI

"MYSTÈRE" ?! J'AI LE DROIT DE SAVOIR ! J'AI FAILLI ME FAIRE TUER À CAUSE DE CE FICHU PAQUET !
MONTRE-LE-MOI !
C'ÉTAIT LA FAUTE À PAS DE CHANCE. N'Y PENSE PLUS.
!!!
UN VIEUX BOUQUIN ? ☆
☆ il tombe en miettes...
IL EST SI PRÉCIEUX QUE ÇA ?
Hawaii, Spirit of ALOHA
TIENS, IL Y A QUELQUE CHOSE ENTRE LES PAGES...
RENDS-MOI ÇA !

JE TE RENDS TA LIBERTÉ.
HEIN ?
TU VEUX RENTRER, NON ?
LA MARCHE N'EST PAS TROP LONGUE POUR RETOURNER JUSQUE LÀ-BAS. UN PEU DE CRAN !
DU CRAN ?
NO RIGHT TURN ON RED EXCEPT FROM RIGHT LANE AFTER STOP
MOI, JE GARDE CE PAQUET.
C'EST ÇA QU'ILS VOULAIENT. MAINTENANT, ILS TE LAISSERONT TRANQUILLE, TU N'AS PLUS RIEN À CRAINDRE.
D'OÙ SORT CE PAQUET ?
C'EST LE BONHOMME QUE TU AS BOUSCULÉ TOUT À L'HEURE QUI LE PORTAIT.
AH !
QU'Y A-T-IL À L'INTÉRIEUR ?
MYSTÈRE.

NOS POURSUIVANTS
ONT L'AIR DE NOUS AVOIR LAISSÉ TOMBER.
DOMMAGE, JE L'AIMAIS BIEN CE VIEUX TACOT.
C'EST BON, FAIS PAS CETTE TÊTE !
JE RÊVE !
IL A LE MÊME ÂGE QUE MOI, CE GARÇON

はー…はー
は
…
ÇA VA_ ?
T'ES EN UN
MORCEAU ?

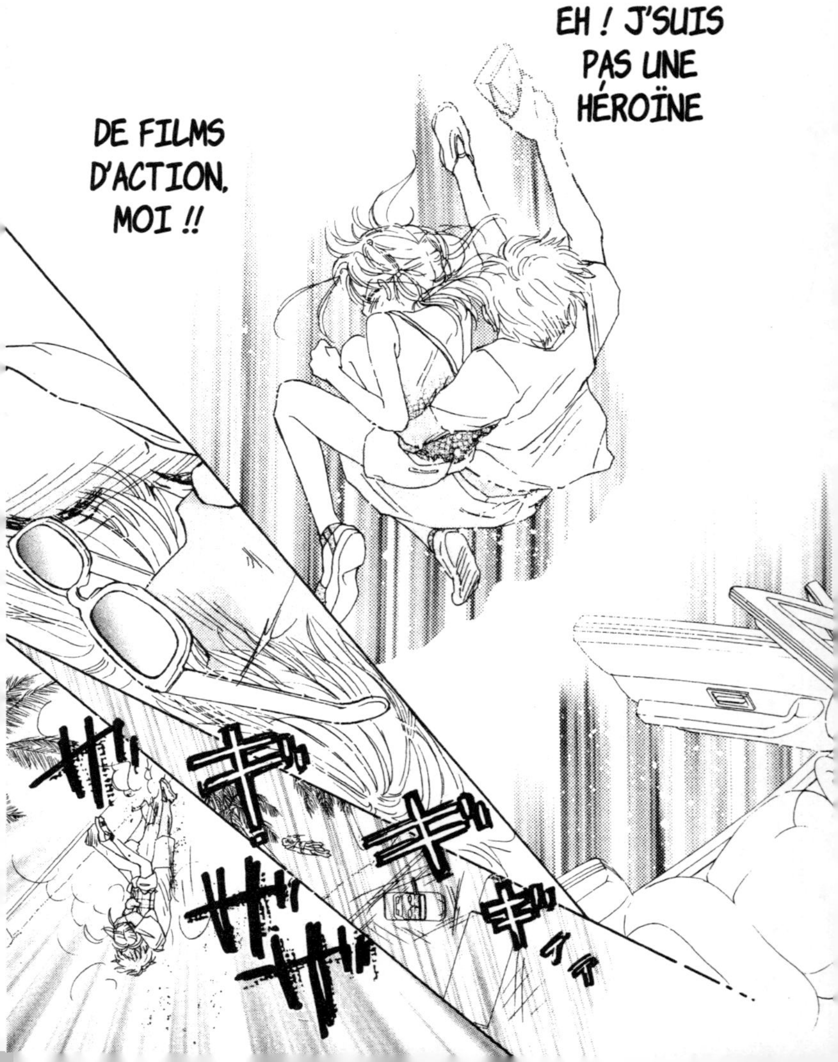
EH ! J'SUIS PAS UNE HÉROÏNE
DE FILMS D'ACTION, MOI !!

LES FREINS NE RÉPONDENT PLUS !
SAUTE !
HEIN ?!
Delivery To You
UN COUP IL ME DIT DE ME TENIR TRANQUILLE, ET MAINTENANT IL VEUT QUE JE SAUTE !
J'Y COM-PRENDS PLUS RIEN !
KYAAAAA

ET ON NE M'ÉCHAPPE PAS AUSSI FACILEMENT NON PLUS.
"AMI" !
TIENS-TOI TRANQUILLE ENCORE QUELQUES INSTANTS !
!?
QU... QUE SE PASSE-T-IL ?!

AÏE !

SI FACI-
LEMENT !

HIIIIIII
ÇA VA ?
TU N'AS PAS TROP PEUR ?
....
GNN...
HÉ -
ON NE KIDNAP-PE PAS ...
UZUKU AMI...

C'EST QUI, CE TYPE ?
ON EST SUIVIS ?
QU'EST-CE QUE C'EST QUE CETTE HISTOIRE?!
IL Y A QUELQUES INSTANTS À PEINE…
JE FAISAIS DES EMPLETTES…
JE NAGEAIS DANS LE BONHEUR COMPLET…
JE MANGEAIS UN PARFAIT AVEC TAMON…
ET MAINTENANT…

AMI !
ARRÊTEZ-VOUS !
JE VEUX DESCENDRE !
DU CALME ! TU VEUX MOURIR OU QUOI ?!

.......!
GRIMPE ! VITE !
ATTENDEZ !?

ON LES PREND EN CHASSE !
!!!
QUI ÊTES-VOUS ?!
QU'EST-CE QUE VOUS VOULEZ À AMI ?! C'EST QUI LE TYPE QUI L'A ENLEVÉE ?!

AMIIII !!
MERDE !
ON S'EST FAIT ENLEVER LA FILLE SOUS LE NEZ !

Kuuipo
URUKYU.

AMI!
TAMON!!

AH !
AMI !

ÇA, CE SONT DES BOUGIES PARFUMÉES ♡
ÇA, C'EST UN SAVON -
ET PUIS UNE MONTRE -
TIENS ? BIZARRE -
C'EST QUOI, CE PAQUET ?

ÇA TE VA BIEN DE RÂLER ! T'AS VU TOUT CE QUE T'AS ACHETÉ ?
FOUNTAIN & CHOCOLATE SHOP
HÉHÉHÉ...
QU'EST-CE QU'IL Y A ?
NON. RIEN...
BIZARRE...
J'AVAIS L'IMPRESSION D'ÊTRE OBSERVÉE...
C'EST QUOI TOUT ÇA ?
AH ! EH BEN...

OUPS ! PARDON. JE SUIS DÉSOLÉE -
SO.. SO.. SORRY -
........!!
PFYUUU... QUELLE CARRURE... ET QUELLE MINE PATI-BULAIRE ...
IL EST ENCORE PLUS LARGE QUE PAPA.
AMI ! DÉPÊCHE-TOI UN PEU !
OUAIS ! J'ARRIVE !

KYAAAAA !!
IL Y A TELLEMENT DE MAGASINS. JE NE SAIS PLUS OÙ DONNER DE LA TÊTE ☆
HAWAÏ C'EST LE PARADIS DU SHOPPING !
MAMAN ! C'EST LA CENTIÈME BOUTIQUE DEPUIS CE MATIN.
LA JOURNÉE NE FAIT QUE COMMENCER, MA PUCE !
Noa and Co sont au salon de beauté
ET EN PLUS, C'EST MOI QUI PORTE LES SACS.
J'AURAIS PRÉFÉRÉ ME BALADER AVEC TAMON
AMI ! IL Y A ENCORE UNE GALERIE MARCHANDE PAR-LÀ !
QUOI ?! ENCORE ?!
!
P-COLLECTION

EH ! C'EST QUOI ÇA ! DIS-LE-MOI !
"FAISONS EN SORTE QUE CE SÉJOUR RESTE DANS NOS MÉMOIRES"
EST-CE QUE PAR HASARD…
COMMENÇONS PAR ALLER MANGER !
VOUI -
EH BEN… TAMON N'Y VA PAS DE MAIN MORTE POUR LE PREMIER JOUR… JE SUIS SURPRISE.
IL VOULAIT PARLER DE CE QUE JE PENSE… ?

FAISONS EN SORTE QUE CE SÉJOUR RESTE DANS NOS MÉMOIRES, HEIN ?
OUI…
TU SAIS CE QUE ÇA VEUT DIRE "KUUIPO" EN HAWAÏEN ?
EUH… NON. ÇA VEUT DIRE QUOI ?
JE TE LE DIRAI, MAIS
PAS MAIN-TENANT !

J'AVAIS ENVIE
D'ÊTRE SEUL AVEC TOI.
LA...
LA PLAGE EST COMPLÈTEMENT DIFFÉRENTE À LA TOMBÉE DE LA NUIT, HEIN
IL NE RESTE PLUS RIEN DE L'EFFERVESCENCE DE LA JOURNÉE...

TAMON !
DÉ-SOLÉ !
ON S'ABSENTE QUELQUES INSTANTS !
N'OUBLIEZ PAS QUE C'EST NOTRE VOYAGE EN AMOUREUX ☆
IL ASSURE, LE TAMON !
lovely
LA CLAS-SE ♡
AR-RÊTEZ !
TU Y ES ALLÉ UN PEU FORT !
TAMON...
J'EN PEUX PLUS...
IL FALLAIT BIEN !

AHAHA-HAH !
JE NE ME SENS PAS DU TOUT DÉPAYSÉ AVEC TOUS CES VISAGES FAMILIERS !
VOUS AVEZ CARTE BLANCHE POUR LE DÎNER, MONSIEUR MIYAMURA ♡
ENTENDU ♡
ADIEU, NOTRE VOYAGE EN AMOUREUX…
QU'EST-CE QUE TU VEUX MANGER, AMI ?
TU AS L'AIR D'AVOIR REPÉRÉ PLEIN DE TRUCS DANS LES GUIDES
EUH… BEN…
AH

JE NE M'AT-TEN-DAIS PAS
À CE QUE VOUS DÉCIDIEZ DE VENIR ICI POUR LES VACANCES -
MADEMOI-SELLE SANA.
HUM...
J'AI L'IM-PRESSION QUE CE VOYAGE À HAWAÏ...
ÇA VA ÊTRE LA PAGAILLE -

AH ! LE BON AIR D'HAWAÏ !
TOUT DE MÊME, JE SUIS SURPRISE.

FAIS-TOI UNE RAISON, NOA ! ♡ J'AI ASSEZ ATTENDU ! J'VAIS T'FAIRE CRAQUER, MA VIEILLE !
EH ! LÂCHE-MOI !
PFYUUU... TOUJOURS AUSSI EXCITÉ, CELUI-LÀ... ☆
NOBUYUKI ! MA VOITURE !!
TOMOHIRO. SES PARENTS ONT UNE MAISON À HAWAÏ.
......
IL EN MANQUE PLUS QU'UN -
QUI ÇA ?
IL Y VIENT TOUS LES ÉTÉS.
ÇA M'ÉTONNERAIT PAS QU'IL SOIT DÉJÀ LÀ.
AH BON... ?
TOMOHIRO AUSSI EST LÀ ?

NOBUYUKI MIYAMURA
KYAAAAA!!
SURPRISE ♡ LES FRÈRES MIYAMURA SONT LÀ AUSSI !
EN FAIT, C'EST À LA FAC D'HAWAÏ QUE J'ÉTUDIE.
SI VOUS AVEZ BESOIN D'UN GUIDE... ♡
C'EST PAS VRAI... C'EST UN CAUCHEMAR...
POURTANT HAWAÏ, C'EST LE PARADIS...
ELLE EST PAS CONTENTE DE NOUS VOIR ?

QU'EST-CE QUE TU FAIS LÀ ?!
OH ! AMI ! QUELLE SURPRISE !
LE MONDE EST ♡ PETIT, HEIN ?!
VACANCES D'ÉTÉ EN FAMILLE. C'ÉTAIT PRÉVU DE LONGUE DATE. SINON TU PENSES BIEN QUE J'AURAIS CHOISI UNE AUTRE DESTINATION.
COUCOU
elles en imposent, toutes les trois...
J'AURAIS PAS DÛ ME METTRE EN MAILLOT...
AMI ! QU'EST-CE QUI T'ARRIVE... ?
HEIN ?! NOA ?!
TIENS ? Y'A PAS UNE STATUE DE PLUS QU'AVANT ?
COMMENT ?
CES STATUES, CE SONT CELLES DES MEILLEURS SURFEURS -
AH !

NOA ?!

TADA-AAM !
IL A RAISON !
ON AURA DES TAS D'OCCASIONS D'ÊTRE RIEN QUE TOUS LES DEUX !
VOICI MA TENUE DE COMBAT ! ☆
ON VIENT JUSTE D'ARRIVER, APRÈS TOUT !
LE VENT QUI CARESSE MA PEAU, L'OMBRE DES PALMIERS…
LA MER D'UN VERT ÉMERAUDE…
ON NE PEUT PAS FAIRE PLUS ROMANTIQUE !
JE CROIS QUE JE VAIS FAIRE DES FOLIES♡
HOU LÀ LÀ ! RETENEZ-MOI !!
?
JE VAIS LOUER UN PARASOL. BOUGE PAS.
むにゅん
P… PARDON…
QUELLE POITRINE !

ON VA FAIRE UN TOUR À LA PLAGE ?
ES-PÈCE D'I-DIOT
...

TU TROUVES PEUT-ÊTRE PAS ÇA GRAVE, MAIS MOI ÇA M'EMBÊTE.
J'EN RÊVAIS DE CE VOYAGE, FIGURE-TOI !
カッ
!
MAIS MOI AUSSI ..
J'EN RÊVAIS, TU SAIS ?

HAAA...
PAS MOYEN QU'ILS NOUS LÂCHENT D'UNE SEMELLE !
PAS GRAVE, L'ESSENTIEL C'EST D'ÊTRE LÀ !
JE ME RETROUVE ♡ DANS LA MÊME CHAMBRE QUE MAMAN...
PARFAI-TEMENT, MA PETITE !
....
BEN QUOI ?

KYAAA !
QUELLE VUE SPLENDIDE !!
ON VOIT MÊME LE DIAMOND HEAD AU LOIN !
NOUS, ON VA SE PROMENER ! ♡
TRÈS BONNE IDÉE ! BYE-BYE !
ÇA ME RAPPELLE NOTRE LUNE DE MIEL, PAPA ♡
HÉ HÉ ♡ ♡ ♡
ILS ONT LA FORME, TES PARENTS –
......

カシャ
MERCI BEAU-COUP ♡ ...
AMI !
LES CHAMBRES SONT PRÊTES !
ET NOS BAGAGES SONT DÉJÀ ARRIVÉS !
OK !

PRENONS UNE PHOTO, TAMON !
ET ALLONS NOUS BAIGNER !
AH ! MAIS J'AI FAIM AUSSI !
PAR QUOI ON COM-MENCE, HEIN ? DIS ?
……
PARDON ! VOUS POUVEZ NOUS PRENDRE EN PHOTO, S'IL VOUS PLAÎT ?
EUH… EXCUSE ME… COULD YOU…
PAS DE PRO-BLÈME.
OH ! IL PARLE JAPO-NAIS !

OH OUI !
QUEL HÔTEL ! UN VRAI PALACE !
Welcome ALOHA!
OH ! COMME ELLES SENTENT BON !
CE SONT DES PRUMERIAS, UNE FLEUR HAWAÏENNE
LA PLAGE EST JUSTE EN FACE !
ET LA MER EST LIMPIDE !

WHAAA ♡ KYAAA ♡ ♡
C'EST PAS VRAI !! ON Y EST ! C'EST HAWAÏ !!
TAMON ! TU TE RENDS COMPTE ?!
CALME-TOI...
UNE LIMOUSINE HYPER LONGUE ☆...
NO LEFT TURN
ONE WAY

LE SEUL PROBLÈME_
WOW ! GÉNIAUX, CES SIÈGES ! GRAND CONFORT !
TU ES À L'AISE, PAPA ?
MENU
World
OUI, BIBICHE. CET AVION EST TRÈS CONFORTABLE.
JE REGRETTE PAS D'AVOIR ÉCONOMISÉ DES MILES AVEC TOUS MES VOYAGES D'AFFAIRES. ♡
C'EST EUX !
IL PARAÎT QUE TU ES DÉJÀ ALLÉ À HAWAÏ PLUSIEURS FOIS, TAMON ? COMME TU AS DE LA CHANCE ! ♡
NOUS, C'EST LA PREMIÈRE FOIS DEPUIS NOTRE LUNE DE MIEL !
Comme il est beau, mon gendre !
T'EN VEUX ?
Ils sont déchaînés !
POURQUOI A-T-IL FALLU QU'ILS NOUS ACCOMPAGNENT ? ILS AURAIENT AU MOINS PU PRENDRE UN AUTRE VOL !
Continental
America
Northwest/KLM
PASSENGER DROP-OFF USE RIGHT LANE

C'EST DE LA FOLIE !
LA VACHE... ELLE A ÉPLUCHÉ TOUS CES GUIDES ...?
NON, ÇA IRA. ♡
JE NE VEUX PAS PERDRE UN SEUL INSTANT DE CE VOYAGE.
GUIDE
PERFECT HAWAII
GUIDES DE VOYAGE
ON DIRAIT NOTRE LUNE DE MIEL

MON COEUR
MERCI D'AVOIR CHOISI NOTRE COMPAGNIE –
BAT LA CHAMADE !
L'ATTERRISSAGE À HONOLULU EST PRÉVU À 8H45.
LE TEMPS SUR PLACE EST ENSOLEILLÉ, ET LA TEMPÉRATURE EST DE 28 DEGRÉS.
ゴオオオ...
PREMIER VOYAGE À L'ÉTRANGER POUR AMI !
LA LISTE DES MEILLEURS CAFÉS ET DES MEILLEURS RESTAURANTS DE HAWAÏ –
CHECK
CHECK
DES HAMBURGERS GÉANTS, DES SANDWICHS À TOMBER PAR TERRE, STEAK, FRUITS DE MER, PLATEAUX REPAS –
TRAVEL GUIDE
まるごと!!
AMI ! PROFITE DU VOYAGE POUR DORMIR !
ET SUR LE SIÈGE VOISIN, TAMON !

URUKYU.

J'Y CROIS PAS ! C'EST TROP BEAU POUR ÊTRE VRAI ! ♡ ♡
TU FERAIS MIEUX D'Y CROIRE, PARCE QUE C'EST VRAI. ☆
Je vois des palmiers dans tes yeux...
COUPLES-COMPET
PREMIER PRIX
VOYAGE EN AMOUREUX
HÔTEL GRAND LUXE
ATTENTION ! PLAGES, COCOTIERS ET COLLIERS DE FLEURS !
HAWAÏ, NOUS VOILÀ !!

VICTOIRE !!!
AMI ET TAMON REMPORTENT LE VOYAGE DE RÊVE À HAWAÏ !!
QUEL COUPLE, MES ENFANTS ! ILS NOUS ONT ÉPATÉS DU DÉBUT À LA FIN
Quelle belle émission !
WOW... QUEL BAISER DE FEU...
ET DEVANT LES CAMÉRAS, EN PLUS !
NOUS RENTRERONS QUAND VOUS AUREZ REPRIS QUELQUES FORCES, MADEMOISELLE SANA.
CETTE CHAMBRE EST TROP PETITE, C'EST UNE HONTE !
AMI ET TAMON VONT ALLER À HAWAÏ ENSEMBLE
-

B..., BONNE RÉPONSE !!
C'EST UNE BONNE RÉPONSE !!
AMI ET TAMON GAGNENT LE VOYAGE À HAWAÏ !
Qu'est-ce que je fais moi maintenant ?
Un baiser avec Tamon
TVQ

FACILE !
Un baiser avec Tamon

LA FIN DU MONDE ARRIVE ...
QUELLE EST LA DERNIÈRE CHOSE QUE VOUS FAITES ?

ALORS, CETTE DERNIÈRE QUESTION ...
ON Y VA ?
TAMON EST ARRIVÉ À TEMPS !
LA FOULE EST EN DÉLIRE !
TVQ カップル選手権
EH BIEN, ALLONS-Y POUR LA DERNIÈRE QUESTION !

OÙ ES-TU...
TAMON ...

QUESTION FINALE ! LA FIN DU MONDE ARRIVE ! QUELLE EST LA DERNIÈRE CHOSE QUE VOUS FAITES ?
AMI ! QUELQUES SECONDES POUR ÉCRIRE TA RÉPONSE !
NE MONTRE PAS LE CARTON TOUT DE SUITE !
SI LES DEUX PARTENAIRES DONNENT LA MÊME RÉPONSE, ILS PARTENT À HAWAÏ !
TIENS ? TAMON NE SEMBLE PAS ENCORE LÀ.
IL SEMBLERAIT QUE NOUS AYONS PERDU LA LIAISON TÉLÉPHONIQUE.
ALLÔ, TAMON ? EST-CE QUE TU NOUS ENTENDS ?
TAAAAAM-OOOOON !!
CATASTROPHE : LA LIAISON A ÉTÉ INTERROMPUE !

ÇA BOUCHONNE, MON GARS. ON AVANCE PAS.
DÉPOSEZ-MOI LÀ !
QUOI QU'IL ARRIVE !
DÉJÀ TROIS ÉQUIPES SONT À DEUX POINTS !
AMI ET TAMON ONT UN PEU DE RETARD !
QUESTION ! QUELLES SONT LES MENSURATIONS PRÉCISES D'AMI ?
76 - 58 - 83
COMMENT IL SAIT... ?!
76-58-83
BONNE RÉPONSE ! LE COUPLE AMI/TAMON EST À TROIS BONNES RÉPONSES !
!?
QUESTION !
QU'A MANGÉ TAMON CE MATIN AU PETIT DÉJEUNER ?
UN YAOURT MYRTILLE BANANE !
un yaourt myrtille banane
ENCORE UNE BONNE RÉPONSE !
ÇA À L'AIR BON
MERDE ! MA BATTERIE EST MORTE !

OK !
INCROYABLE !
AMI TRAVERSE LE PARCOURS À UNE VITESSE FABULEUSE !
NOUS ASSISTONS À UNE PERFORMANCE SURHUMAINE !
PREMIÈRE QUESTION : QUEL EST LE PLAT PRÉFÉRÉ D'AMI ?
ALLEZ, C'EST FACILE !
LES RAMEN À L'AIL ET AU PIMENT, PORTION DOUBLE !
BONNE RÉPONSE !
ramen a l'ail et au piment, portion double
PERSONNE NE PEUT ME BATTRE !
CHAUD DEVANT !
UZUKI AMI EST AU TOP !! ☆

EXCEPTIONNELLEMENT, TAMON VA PARTICIPER VIA LE TÉLÉPHONE, MAIS…
S'IL N'EST PAS ARRIVÉ SUR LE PLATEAU POUR LA QUESTION FINALE, LE COUPLE SERA ÉLIMINÉ !
C'EST BIEN COMPRIS, TAMON ?
DÉPÊCHE-TOI !
OUAIS, J'FAIS CE QUE JE PEUX !
AMI ! COMMENT TE SENS-TU ?
TU M'ENTENDS, TAMON ?
PENDANT UN MOMENT J'AI UN PEU PANIQUÉ, MAIS
ON VA GAGNER !!
TVQ
ELLE A VITE FAIT DE RETROUVER SON APLOMB…
REVIENS VITE, HEIN ? PAS DE BLAGUE !
JE CROIS UE TU PEUX RE- RER TON COSTUME ET CE TRUC QUI DÉFORME TA VOIX…

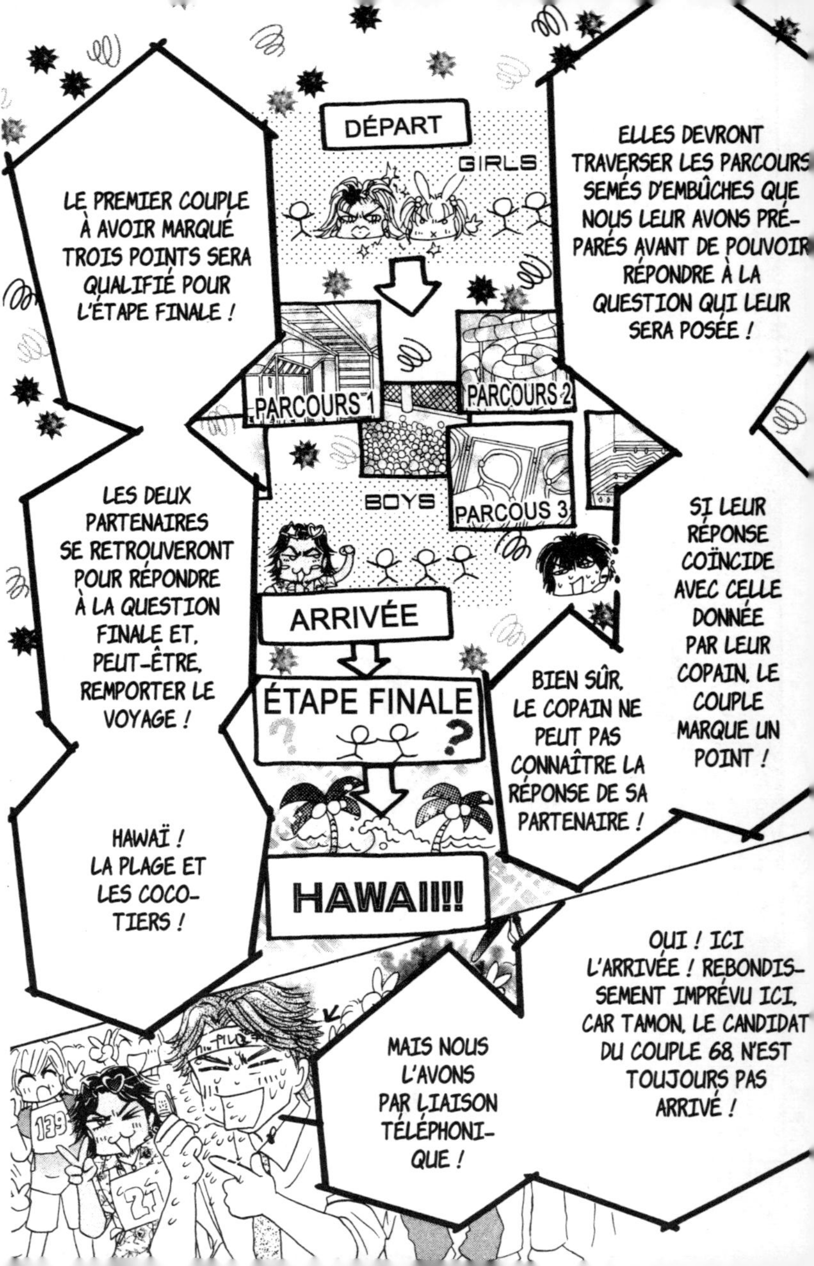
ELLES DEVRONT TRAVERSER LES PARCOURS SEMÉS D'EMBÛCHES QUE NOUS LEUR AVONS PRÉPARÉS AVANT DE POUVOIR RÉPONDRE À LA QUESTION QUI LEUR SERA POSÉE !
LE PREMIER COUPLE À AVOIR MARQUÉ TROIS POINTS SERA QUALIFIÉ POUR L'ÉTAPE FINALE !
DÉPART
GIRLS
PARCOURS 1
PARCOURS 2
PARCOUS 3
BOYS
ARRIVÉE
ÉTAPE FINALE
HAWAII!!
SI LEUR RÉPONSE COÏNCIDE AVEC CELLE DONNÉE PAR LEUR COPAIN, LE COUPLE MARQUE UN POINT !
BIEN SÛR, LE COPAIN NE PEUT PAS CONNAÎTRE LA RÉPONSE DE SA PARTENAIRE !
LES DEUX PARTENAIRES SE RETROUVERONT POUR RÉPONDRE À LA QUESTION FINALE ET, PEUT-ÊTRE, REMPORTER LE VOYAGE !
HAWAÏ ! LA PLAGE ET LES COCOTIERS !
OUI ! ICI L'ARRIVÉE ! REBONDISSEMENT IMPRÉVU ICI, CAR TAMON, LE CANDIDAT DU COUPLE 68, N'EST TOUJOURS PAS ARRIVÉ !
MAIS NOUS L'AVONS PAR LIAISON TÉLÉPHONIQUE !
139
27

ET VOICI L'HEURE DE LA FINALE ! LEQUEL DE NOS CHARMANTS COUPLES REMPORTERA-T-IL LE VOYAGE DE RÊVE À HAWAÏ ?
RIEN N'EST ENCORE JOUÉ, TOUT PEUT BASCULER !
URUKYU LOVE²
DERNIÈRE ÉPREUVE : "ULTRA CUTE LOVE FIRE" !!
UN QUIZ OÙ LES COUPLES VONT DEVOIR NOUS RÉVÉLER LEURS PETITS SECRETS !
sur le plateau sans
68
Couple toujours en course !
HEIN ?!
NOUS SOMMES PRÊTS À COMMENCER.
NOS CHARMANTES CANDIDATES SONT SUR LA LIGNE DE DÉPART !
LA TENSION EST À SON PAROXYSME ENTRE LES RIVALES !

J'ARRIVE TOUT DE SUITE !
ATTENDS-MOI !
D'AC-CORD -
T'AS UNE PETITE VOIX !
D'AC-CORD !!
MAGNI-FIQUE ! SPLEN-DIDE !
J'ÉTAIS SÛR QU'IL REVIEN-DRAIT !
うわっはっはっ
QUE DE PÉRIPÉ-TIES !
M. LE PRO-DUC-TEUR !
LE COUPLE 68 EST DE NOUVEAU DANS LA COURSE !
ON VA EXPLOSER L'AUDIMAT !
Tap
HEIN ☆
Va sur le plateau sans couper ton portable.

bi
bip
TAMON
AMI !
TA... TAMON ?!
ESPÈCE D'IDIOT !
OÙ ÉTAIS-TU PASSÉ ?! ON VA SE FAIRE ÉLIMINER !
JE SAIS !
JE T'EX-PLIQUERAI APRÈS !

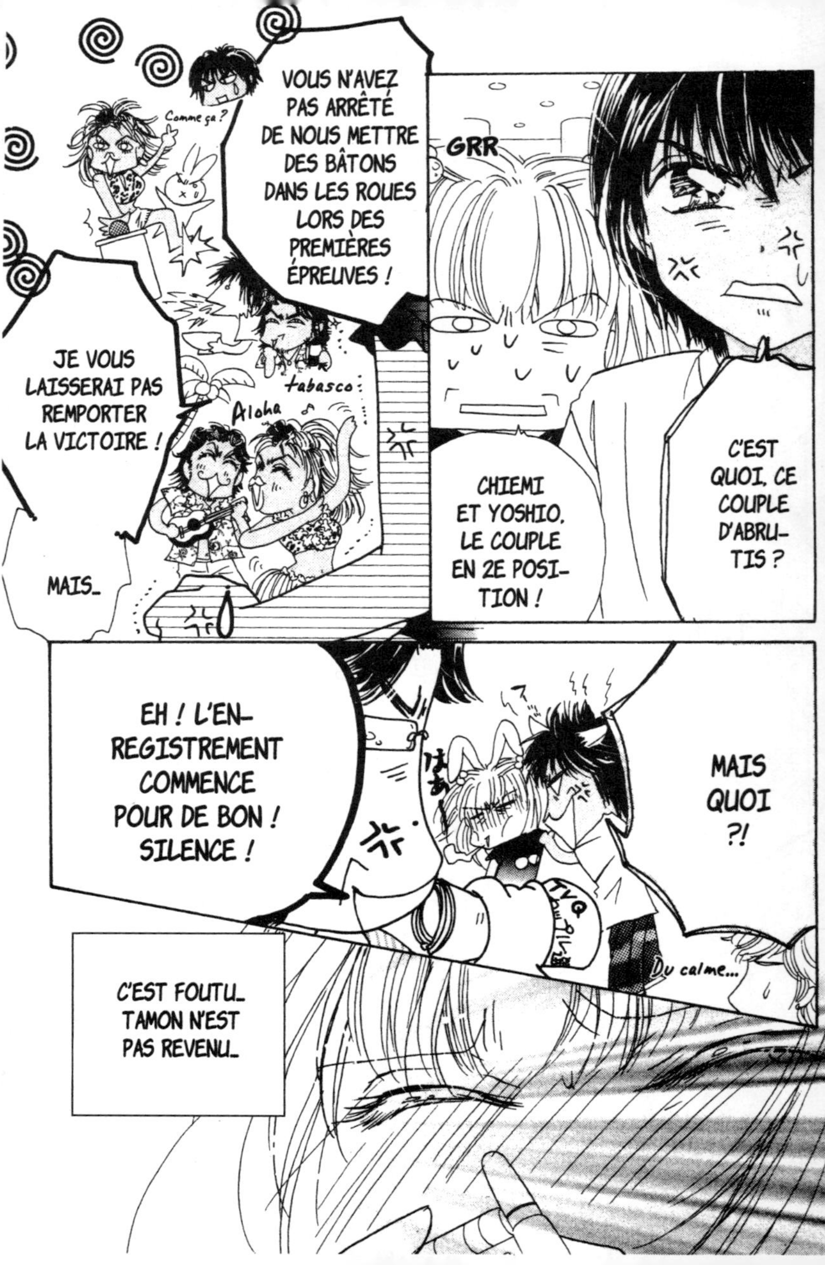
GRR
C'EST QUOI, CE COUPLE D'ABRUTIS ?
CHIEMI ET YOSHIO, LE COUPLE EN 2E POSITION !
VOUS N'AVEZ PAS ARRÊTÉ DE NOUS METTRE DES BÂTONS DANS LES ROUES LORS DES PREMIÈRES ÉPREUVES !
Comme ça ?
tabasco
Aloha
JE VOUS LAISSERAI PAS REMPORTER LA VICTOIRE !
MAIS…
MAIS QUOI ?!
EH ! L'EN-REGISTREMENT COMMENCE POUR DE BON ! SILENCE !
TVQ
Du calme…
C'EST FOUTU… TAMON N'EST PAS REVENU…

JE SAIS BIEN QUE C'EST DÉBILE, MAIS...
ALORS AUTANT TENTER LE TOUT POUR LE TOUT !
VOIX DE TAMON
TELLE QUE JE TE CONNAIS, TU VAS DÉPRIMER TOUT L'ÉTÉ SI VOUS ÊTES ÉLIMINÉS !
NOA...
LAISSE TOMBER, JE VEUX PAS D'UN TAMON COMME ÇA !
ON DIRAIT UN TRAVELO À LA PEAU MATE !
EH ! SOIS POLIE !
TU CROIS QUE ÇA M'AMUSE D'ÊTRE DÉGUISÉE !
QU'EST-CE QUE TU FOUS ENCORE LÀ TOI ?
DÉPÊCHE-TOI DE DÉGAGER !
LE VOYAGE À HAWAÏ EST POUR NOUS, FAIS-TOI UNE RAISON !
PAS VRAI, YOSHI ? ♡
TU L'AS DIT, CHAPPI ♡ !

UNE SECONDE !!
COSTUME MIYAMU + MAQUILLAGE À LA TAMON
APPAREIL MODIFICATEUR DU TIMBRE DE LA VOIX
ET VOILÀ LE TAMON ☆ DE SECOURS !
QUOI… ?
JE SAVAIS QUE ÇA NE MARCHERAIT PAS…
LE DÉGUISEMENT ÉTAIT PRESQUE PARFAIT, POURTANT.
ME VOILÀ !
DÉSOLÉ POUR LE RETARD !
À QUOI VOUS JOUEZ ?!
ÉVIDEMMENT QUE ÇA NE MARCHE PAS !
ARRÊTEZ UN PEU DE FAIRE LES PITRES !!

SÉRIEUX OU PAS,
QUAND ÇA CASSE, ÇA CASSE.
MOI –
JE NE TOMBERAI PLUS JAMAIS AMOUREUSE "SÉRIEUSE-MENT".
PLUS JAMAIS –
AH BON ? IL N'EST TOUJOURS PAS LÀ ?
EH BEN, TANT PIS ! FAUT QU'ON COMMENCE L'ENREGISTREMENT. ON PEUT PLUS ATTENDRE LÀ !
!

バタン
MOINS DE BRUIT ! C'EST UN HÔPITAL, ICI !
PARDON !
SMILE
ぱさっ
......

……
Pff
POURQUOI TU T'MARRES ?!
くすくすくす
PARDON -
TU ES TROP DRÔLE -
HI HI
RASSURE-TOI, JE N'AI AUCUNE MAUVAISE INTENTION.
COMMENT ÇA ?!
NON MAIS !
C'EST JUSTE QUE JE M'ENTENDS BIEN AVEC AMI.
RETOURNE VITE LA REJOINDRE. NE T'OCCUPE PAS DE MOI.

JE SAIS PAS CE QUE T'AS DERRIÈRE LA TÊTE, MAIS
JE NE LAISSERAI PERSONNE FAIRE DE MAL À AMI.
ET JE SUIS TRÈS SÉRIEUX.

JE CROYAIS QUE ÇA MARCHERAIT, VOUS DEUX.
MAIS VOUS AVEZ CASSÉ.
あ?
MÊLE-TOI DE CE QUI TE REGARDE !
ET D'ABORD, AMI ET MIKA N'ONT RIEN À VOIR !
ÇA...
C'EST VRAI...
AMI ET MOI, JE CROIS QU'ON POURRAIT DEVENIR BONNES COPINES.

QU'EST-CE QUE TU RACONTES !
T'AS QU'À LUI DIRE, SI TU VEUX !
C'ÉTAIT QU'UN ACCIDENT !
BON ! T'AS L'AIR D'ALLER MIEUX. JE TE LAISSE !
C'EST DU SÉRIEUX CETTE FOIS, HEIN ?
DIS DONC -
J'AI L'IMPRESSION QUE TU ME CONNAIS DEPUIS AVANT, JE ME TROMPE ?
DEPUIS L'ÉPOQUE OÙ TU SORTAIS AVEC MIKA.
MIKA EST UNE STAR À SEIJO.
TOUT LE MONDE A ENTENDU PARLER DE SON COPAIN.

O- OÙ SUIS-JE ?
RESTE COUCHÉE !
TU AVAIS UNE FIÈVRE DE CHEVAL -
LE DOCTEUR A DIT QUE TU AVAIS BESOIN DE REPOS.
MAIS TOI ? TU NE DEVRAIS PAS ÊTRE ICI.
IL FAUT QUE TU AILLES REJOINDRE AMI.
JE POUVAIS PAS TE LAISSER TOMBER ALORS QUE TU T'ES ÉVANOUIE JUSTE DEVANT MOI.
HI HI
C'EST GENTIL -
JE NE DIRAI RIEN À AMI.
NE T'INQUIÈTE PAS.
OUI.

NL NE T'EN VA PAS -
S'IL TE PLAÎT -
....

UNE PETITE GRIPPE, RIEN DE GRAVE.
UN PEU DE REPOS, ET ELLE SERA SUR PIED.
MERCI DOCTEUR.
SES PARENTS SONT-ILS PRÉVENUS ?
EUH, NON. IL FAUDRA VOIR ÇA AVEC ELLE.
ELLE N'EST PAS DE TRÈS SOLIDE CONSTITUTION.
IL FAUT QU'ELLE ÉVITE LE SURMENAGE.
......
....
HNN. NN.

MIYAMU ! FILEZ-MOI UN COUP DE MAIN !
HEIN ?
L'APPAREIL QUE VOUS AVEZ APPELÉ SE TROUVE DANS UNE ZONE NON COUVERTE PAR LE RÉSEAU
IL VA REVENIR.
IL N'Y A PAS DE RAISON.
J'AI CONFIANCE.
LA VICTOIRE... HAWAÏ...
JE M'EN FOUS.
REVIENS VITE, TAMON !
ぎゅ
CLINIQUE SAKAGAMI

EUH… NON ! C'EST IMPOSSIBLE !
TANT PIS !
L'ENREGISTREMENT DOIT COMMENCER À L'HEURE PRÉVUE !
J'ATTENDRAI !
IL NE RESTE PRESQUE PLUS DE TEMPS, DE TOUTE FAÇON.
ざわ
ざわ
QUOI ?! LE COUPLE 68 OUT ?!
IL NE RESTE PRESQUE PLUS DE TEMPS, DE TOUTE FAÇON.
VA FALLOIR COUPER ?
DOMMAGE. ILS ÉTAIENT POURTANT EXCELLENTS.
ENFIN BON… PRÉVIENS-NOUS SI TU ARRIVES À JOINDRE TON COPAIN.
J'ATTENDRAI JUSQU'À LA DERNIÈRE SECONDE !
NE NOUS ÉLIMINEZ PAS TOUT DE SUITE !
S'IL VOUS PLAÎT !
D'ACCORD…
C'EST LA CATA…
OÙ TAMON A-T-IL PU PASSER ?

LES ÉPREUVES FINALES VONT COMMENCER !
LES COUPLES QUALIFIÉS SONT ATTENDUS SUR SCÈNE !
ZUT ! ET TAMON QUI N'EST TOUJOURS PAS LÀ !
JE VAIS ÊTRE OBLIGÉE DE DÉCLARER FORFAIT...
ALLONS, ALLONS, M'SIEUR FUJISAKI ! NE SOYONS PAS SI À CHEVAL SUR LE RÈGLEMENT ! ♡
ON PEUT ATTENDRE ENCORE UN P'TIT PEU, HEIN ?
BEURK
ÇA VOUS DIRAIT QUE JE VOUS PRÉSENTE QUELQUES AMIES MANNEQUINS ?
VI... ♡
HÉ HÉ

URUKYU.

BON SANG.. OÙ ES-TU PASSÉ..
TAMON ?!
SI VOUS N'ÊTES PAS LÀ TOUS LES DEUX POUR LE DÉBUT DE L'ENREGIS-TREMENT.
C'EST L'ÉLIMI-NATION. DÉSOLÉ !

OÙ EST-IL PASSÉ _ ?
TU L'AS TROUVÉ ?
NON !
TAMON N'EST NULLE PART !
JE DOIS Y RETOURNER !
PEUT-ÊTRE QU'IL EST DÉJÀ LÀ-BAS.
SILENCE, S'IL VOUS PLAIT ! NOUS ALLONS VOUS EXPLIQUER EN QUOI CONSISTE LA PARTIE FINALE DE L'ÉMISSION !
はあ はあ
IL N'EST PAS LÀ -
QUOI ?!
TON COPAIN A DISPARU ?
MAIS C'EST L'HEURE !
D_ DÉSOLÉE -
IMPOSSIBLE !
JE N'ARRIVE PAS À LE JOINDRE SUR SON PORTABLE -
ON NE POURRAIT PAS ATTENDRE ENCORE UN TOUT PETIT PEU _?

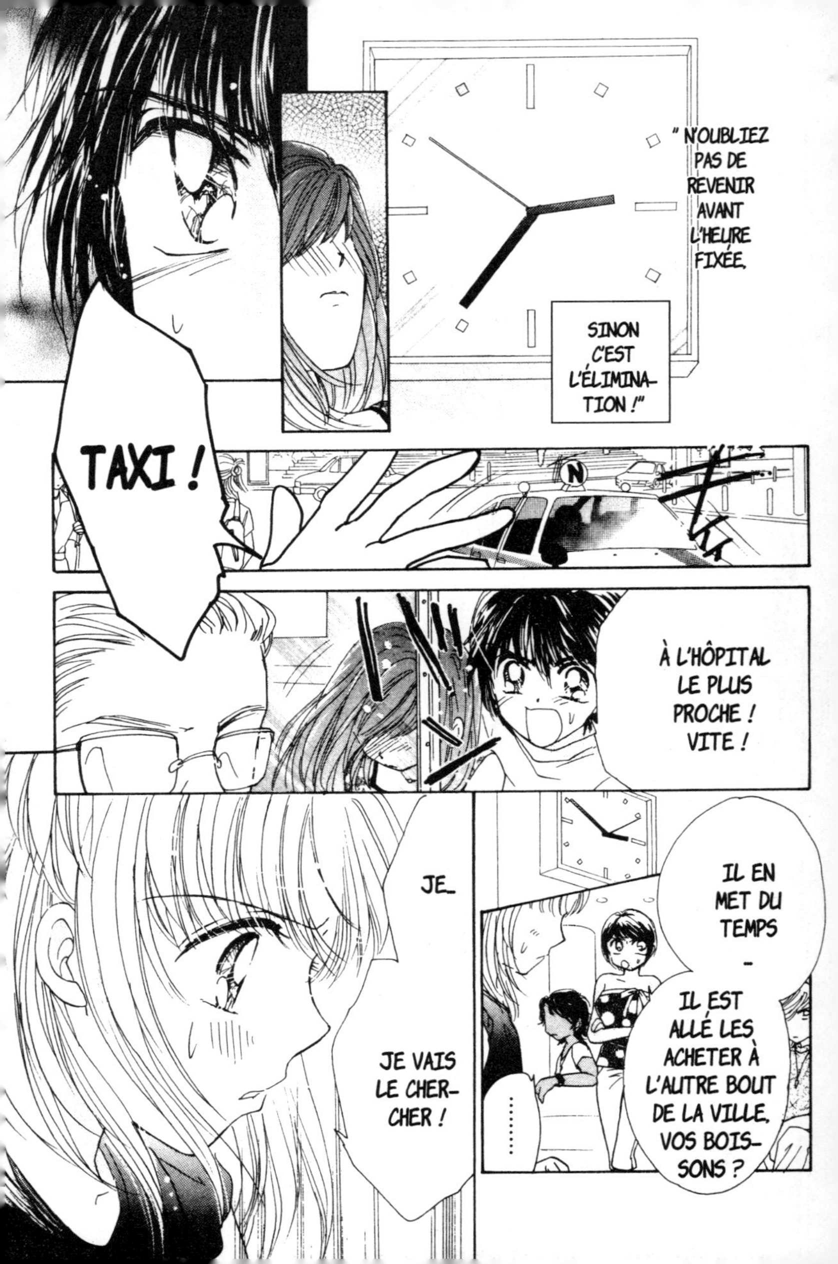
" N'OUBLIEZ PAS DE REVENIR AVANT L'HEURE FIXÉE.
SINON C'EST L'ÉLIMINATION !"
TAXI !
À L'HÔPITAL LE PLUS PROCHE ! VITE !
IL EN MET DU TEMPS -
IL EST ALLÉ LES ACHETER À L'AUTRE BOUT DE LA VILLE, VOS BOISSONS ?
......
JE...
JE VAIS LE CHERCHER !

TU ES BRÛLANTE... TU AS DE LA FIÈVRE ...?
NON, C'EST RIEN -
ÇA VA PASSER -
EH !
......!

QUE SE PASSE-T-IL ?!
QU'EST-CE QUE TU FAIS ICI ?!
AMI M'A DIT QUE VOUS PASSIEZ DANS CETTE ÉMISSION -
ALORS JE SUIS VENUE VOUS ENCOURAGER ...
OÙ EST MLLE SANA ?!
JE NE LA TROUVE NULLE PART !

わははは
MAGNIFIQUE ! VOUS ÊTES FORMIDABLES, TOUS LES DEUX !
ぱんぱん
CON-TINUEZ COMME ÇA !
producteur
ON COMPTE SUR VOUS POUR ASSURER LA DEUXIÈME PARTIE DE L'ÉMISSION !
ROGER !
TIENS… OÙ EST PASSÉ TAMON ?
うわはは
On va cartonner en audimat, m'sieur directeur !
Au moins 20%, mon p'tit !
IL EST PARTI ACHETER DES BOISSONS ♡
HAAA… HAWAÏ N'EST PLUS QU'À UN PAS !
LE BAISER DE TAMON M'A DONNÉ UNE DE CES PÊCHES !
ピー…
ガコン

AMI & TAMON SONT EN TÊTE DU CLASSEMENT !
GAGNERONT-ILS OU ASSISTERA-T-ON À UN PRODIGIEUX RENVERSEMENT DE SITUATION ?
RESTEZ AVEC NOUS POUR LA DEUXIÈME PARTIE DE L'ÉMISSION !
OK ! PARFAIT !
ON FAIT UNE PAUSE !
VOUS AVEZ QUARTIERS LIBRES !
集合15:00!!
N'OUBLIEZ PAS DE REVENIR AVANT L'HEURE FIXÉE, SINON C'EST L'ÉLIMINATION !
GÉNIAL ! ON Y EST PRESQUE !! ♫
ON EST TROP FORTS ! JE LE SAVAIS !! ♡
ほ ほほほほ
ELLE A PAS L'AIR D'AVOIR BESOIN D'ENCOURAGEMENTS.
ALORS ON PEUT LA LAISSER. BYE-BYE !
GO GO AMI & TAMON

OH ! MLLE KAKINOKI-ZAKA !
QU'EST-CE QUE VOUS ATTENDEZ POUR ALLER LUI CHERCHER UNE CHAISE ?!
ET UNE BOISSON FRAÎCHE ! PLUS VITE QUE ÇA !
À VOS ORDRES !
j'y vais !
……
LAISSEZ TOMBER CE N'EST PAS AMUSANT DE REGARDER D'ICI.
MLLE SANA !

DEUXIÈME ÉPREUVE : COURSE SUR RONDINS !
L'UN OU L'AUTRE DES CANDIDATS DOIT PORTER SON OU SA PARTENAIRE DANS LES BRAS !
n'importe quoi...
DANS CHAQUE ÉPREUVE SE RÉVÈLE L'AMOUR MUTUEL DES CANDIDATS ! ♡
QUESTION "AMOUR", ON NE LE CÈDE À PERSONNE !
TROISIÈME ÉPREUVE : LE BUNGY LOVE CATCHER !
LE TRIOMPHE DE L'AMOUR N'EST PAS TOUJOURS CHOSE FACILE !
OH ! UN COUPLE EN TRAIN DE SE DISPUTER !
OH OH OH
HUM. IL Y A DES COUPLES QUI NE FONT PAS LONG FEU.

AMI ET TAMON ONT L'AIR BIEN DÉCIDÉS À GAGNER !!
LES AUTRES COUPLES ONT INTÉRÊT À SE DONNER À FOND !
MAGNI-FIQUE !!
NE CHAN-GEZ PAS DE PLAN, SURTOUT !
PREMIÈRE ÉPREUVE : CONCOURS DE GROS MANGEURS !
POUR AVOIR LE DROIT DE PARTICIPER À L'ÉPREUVE SUIVANTE, IL FAUT TOUT MANGER !
OH !
AMI ET TAMON DÉVORENT À UNE VITESSE IMPRES-SION-NANTE !

!!
TVQ
!!!
YES
OH LA LA !
EN PLEIN DANS LE MILLE !!
VOILÀ UN COUPLE CHAUD, CHAUD, CHAUD !!

COUPLES-COMPET

C'EST QUOI CES AHURIS ?
Y'A QUE DES COUPLES DE CINGLÉS OU QUOI ?!
GO GO AMI & TAMON
LES PLUS CINGLÉS, À MON AVIS, CE SONT...
PAR ICI, MADEMOISELLE
JE PRÉFÉRERAIS M'INSTALLER DANS LES TRIBUNES.
VOUS N'Y PENSEZ PAS !
QUE FAITES-VOUS ICI ?! L'ENTRÉE EST RÉSERVÉE AU PERSONNEL !
EH !
TVQ
COUPLE NUMÉRO 68 !
AMI & TAMON !

TAMON
...
"COUPLES COMPET", LA COMPÉTITION DES COUPLES, VA COMMENCER
200 COUPLES DE JEUNES AMOUREUX SE SONT RASSEMBLÉS AUJOURD'HUI SOUS CE SOLEIL RESPLENDISSANT !
TOUS SONT VENUS AVEC LA FERME INTENTION DE REMPORTER LE MAGNIFIQUE VOYAGE TOUS FRAIS PAYÉS À HAWAÏ !
キョロ キョロ
REGARDONS ENSEMBLE LES COUPLES LES PLUS "CHAUDS" !

BEN ALORS ! STRESSE PAS COMME ÇA, ENFIN !
TU LE VEUX CE VOYAGE, NON ?

TU TIENS TANT QUE ÇA À ALLER À HAWAÏ ?
ABSOLUMENT ! CE VOYAGE NE M'ÉCHAPPERA PAS !
MOI, J'Y SUIS DÉJÀ ALLÉ, EN FAIT…
JAMAIS PRIS L'AVION.
……
C'EST L'HEURE ! LES COUPLES PARTICIPANTS SONT ATTENDUS DANS LE GRAND STADE !
N'OUBLIEZ PAS VOS DOSSARDS !
OUPS -
TOUT CE MONDE…
JE COMMENCE À AVOIR LE TRAC…
ALLONS-Y !
LES AUTRES ONT L'AIR SI FORTS…
AMI… ?
J'AI LA PRESSION…

C'EST QUOI, TOUTE CETTE FOULE ?!
VA FALLOIR QU'ON BATTE TOUS CES COUPLES ?
P_ PAS DE SOUCI !!
NOUS JOUONS POUR LA VICTOIRE !
出場者 Bブロック NO. 20-40
TVQ カップル選手権

TOUT COMME MOI J'AI REN-CONTRÉ TAMON.
TVQ
STAFF
TVQ PRIME-TIME
COUPLES-COMPET
STUDIO D'ENREGISTREMENT
merci de vous présenter
à l'entrée principale.
WOW !
LE PEU-PLE !

ÇA N'A PAS ÉTÉ FACILE POUR LE FAIRE CRAQUER, MAIS –
COMME J'AI FLASHÉ SUR LUI, JE N'AI PAS LÂCHÉ L'AFFAIRE !
NE T'INQUIÈTE PAS, SANA !
JE SUIS SÛRE QUE TU TROUVERAS L'ÂME SOEUR !
TU PEUX COMPTER SUR MOI POUR TE DONNER UN COUP DE MAIN !
TU AS RAISON –
MERCI BEAUCOUP, AMI.
ELLE FINIRA BIEN PAR LE RENCONTRER –
LE GARÇON DE SON COEUR.
TU REVEUX DU THÉ ?
DES PETITS GÂTEAUX ?
EUH... JE PEUX ?

MES PARENTS SONT TRÈS STRICTS -
JE NE PEUX SORTIR AVEC PERSONNE SANS LEUR AUTORISA-TION.
EH BEN... ÇA EXISTE ENCORE, DES FAMIL-LES COMME ÇA ?
QUAND J'ÉTAIS PETITE, J'ÉTAIS UNE ENFANT FRAGILE, ALORS DU COUP MES PARENTS ME PROTÈGENT DE FAÇON EXCES-SIVE.
....
TU AS BEAUCOUP DE CHANCE, AMI. JE T'ENVIE.
HEIN ?
MOI?
IL PARAÎT QUE LES FILLES DE MON LYCÉE ONT PRESQUE TOUTES UN PETIT AMI.
C'EST FOU, ALORS QU'ELLE EST SI MIGNONNE -
MAIS MOI, JE DEVIENS TOUTE ROUGE QUAND JE ME RETROUVE EN TÊTE À TÊTE AVEC UN GAR-ÇON.
VOUS FAITES UN SUPER COUPLE AVEC TAMON.
AH OUI ? TU TROU-VES ?
JE NE ME RENDS PAS COMPTE -

Premier prix de musique classique
Kakinokizaka Sana
JDDC
EH BEN...
TU EN AS DES DIPLÔMES...
もぐもぐ
BOF. ÇA N'A RIEN D'EXTRAORDINAIRE.
EN CE MOMENT, J'APPRENDS LA CÉRÉMONIE DU THÉ, L'IKEBANA, LA DANSE, LE SHAMISEN, LE KOTO, LA CALLIGRAPHIE, ET LA CUISINE.
AVEC UN PROFESSEUR POUR CHAQUE DISCIPLINE.
EH BEN... LA CLASSE...
ははは
TANT QUE ÇA ? C'EST FORMIDABLE !
MAIS AVEC TOUT ÇA, TU DOIS ÊTRE SUPER OCCUPÉE ! TU NE DOIS PAS AVOIR BEAUCOUP DE TEMPS POUR VOIR TON COPAIN !
JE N'AI PAS DE COPAIN.
J'AIMERAIS BIEN, MAIS...

C'EST PAS POS-SI-BLE...
ELLE A L'AIR COM-PLÈTE-MENT DIF-FÉREN-TE...
ELLE N'A PLUS L'AIR DE LA PETITE PRIN-CESSE ÉTOUR-DIE !
AMI ? ÇA NE VA PAS ?
TU PEUX TE RELEVER, TU SAIS...
peux pas... j'ai des crampes...
TRÈS BIEN. ARRÊ-TONS-NOUS LÀ POUR AU-JOUR-D'HUI.
MERCI, MADAME.
AH ! JE ME SENS MIEUX QUAND LA LEÇON EST FINIE !
TU RESTES PRENDRE UN THÉ ?
......
D'AC-CORD...

EH BIEN, COMMENCEZ DONC PAR NOUS FAIRE UNE PETITE DÉMONSTRA-TION.
OH
JE RÊ-VE...

C'EST PAS UN COMPLIMENT EN L'AIR... ELLE EST VRAIMENT SUPER BELLE !
ÊTES-VOUS PRÊTE, MADEMOISELLE SANA ?
OUI, MADAME !

DÉSOLÉE DE T'AVOIR DÉRANGÉE, SANA.
JE FILE ! ENCORE MERCI POUR LA ROBE !
DIS... TU NE VEUX PAS RESTER POUR LA LEÇON ?
ÇA ME FERAIT PLAISIR QUE TU ME REGARDES. AVEC UNE SPECTATRICE, JE SERAI PLUS CONCENTRÉE...
TU VEUX BIEN ?
EUH... OK...
C'EST PLUTÔT L'INVERSE EN GÉNÉRAL...
VOILÀ. JE SUIS PRÊTE !
WOW
DÉCIDÉMENT ! LE KIMONO TE VA TROP BIEN, SANA !
FUFUFU... MERCI DU COMPLIMENT.
OBSERVE BIEN, HEIN ? ♡

PAS DE BLAGUE, TAMON ...
TOUT IRA MIEUX QUAND NOUS AURONS GAGNÉ À "COUPLES-COMPET".
AH BON ?! TU VAS PASSER À LA TÉLÉ AVEC TAMON ... ?
MLLE SANA, IL EST L'HEURE DE VOTRE LEÇON DE DANSE.
MADAME LE PROFES-SEUR EST ARRIVÉE.
J'ES-PÈRE ...
VIVEMENT QU'ON SOIT À HAWAÏ EN AMOUREUX !!
MMM
C'EST SUPER ! J'AI HÂTE DE VOUS VOIR ♡
J'ARRIVE TOUT DE SUITE.

TAMON EST D'ACCORD POUR QU'ON PARTICIPE À L'ÉMISSION !
HAWAÏ, NOUS VOILÀ !!
ほっ ほっ ほっ ほっ
EH BEN, ÇA VA PAS ÊTRE TRISTE...
Qu'est-ce que tu fous avec ces haltères ?
J'ESPÈRE QUE CE N'EST QU'UNE IMPRESSION, MAIS...
JE TROUVE QUE...
TAMON EST UN PEU BIZARRE DEPUIS LE FEU D'ARTIFICE.
PFFF... BON BEN, S'IL LE FAUT, C'EST D'ACCORD POUR CETTE ÉMISSION.
UN COUP, IL S'ÉNERVE...
ET LA FOIS SUIVANTE, IL M'ÉCOUTE...
C'EST BIZARRE.
JE N'ARRIVE PAS TROP...
À SAVOIR CE QU'IL PENSE.
JE ME CROIRAIS REVENUE À LA PÉRIODE AVANT QU'ON COMMENCE À SORTIR ENSEMBLE.

MAIS ON VA GAGNER !
C'EST COMME SI C'ÉTAIT FAIT !!
……………
AMI… T'ES VRAIMENT IRRÉCUPÉRABLE…
JE PLAINS TAMON…
le pauvre…
J'VOIS PAS OÙ EST LE PROBLÈME !

LA MER ! LE CIEL BLEU ! LES PLAGES ET LES PALMIERS ! TOUT ÇA SERA POUR NOUS !!
CALME-TOI, ON N'A PAS ENCORE GAGNÉ !

DIRECTION HAWAÏ POUR DES VACANCES DE RÊVE !!
URUKYU.

ET PUIS QUOI ENCORE ?!
NON MAIS !
TU AURAIS PU ME DEMANDER MON AVIS ! J'AI PAS ENVIE DE PASSER À LA TÉLÉ, MOI !
J'AI PAS EU LE TEMPS, FIGURE-TOI ! J'AI DIS OUI TOUT DE SUITE
ET IL FAUT QUE TU SOIS AVEC MOI ! JE NE PEUX PAS PASSER À "COUPLES-COMPET" SANS TOI !
ON VA ET GAGNER ! EN-SUITE ..

L'AVANCÉE DES CONQUÊTES AMOUREUSES D'AMI ET DE NOA...

AMI ET NOA SONT RIVALES EN AMOUR DEPUIS L'ENFANCE. UN JOUR, ELLES FONT LA CONNAISSANCE DE DEUX GARÇONS DE TOP-NIVEAU : TAMON ET TOMOHIRO. NOA COMMENCE À SORTIR AVEC TOMOHIRO, MAIS ELLE SE FAIT PLAQUER... DE SON CÔTÉ, AMI A ENFIN RÉUSSI À SÉDUIRE TAMON ! TAMON SEMBLE UN PEU BIZARRE DEPUIS SON "BAISER ACCIDENTEL" AVEC SANA LE SOIR DU FEU D'ARTIFICE. AMI NON PLUS N'A PAS LE MORAL APRÈS LA HONTE QU'ELLE S'EST TAPÉE DEVANT DES MILLIONS DE TÉLÉSPECTATEURS. MAIS NE VOILÀ-T-IL PAS QU'UN PRODUCTEUR D'ÉMISSIONS TÉLÉVISÉES LUI PROPOSE DE PARTICIPER À UN GRAND JEU...

URUKYU.
6